Fionas äventyrliga drömmar
Skriven av: Martin Lundqvist

Fionas äventyrliga drömmar
Första Utgåvan. 6 augusti 2021
Copyright © 2021 Martin Lundqvist.
Skriven av Martin Lundqvist

Alla bilder är tagna från Pixabay.com. (Creator's user name within brackets)

tennis girl (pride1979)
butterfly (Garoch)
Girl in forest (KELLEPICS)
Fairy (tony241969)
Dragon (Artie_Navarre)
Roast duck (FuReal)
The Solar System (BlenderTimer)
Library (Pexels)
Greek statue (travelspot)
Rocket (WikiImages)
Trick or treat (JillWellington)
Safety first (succo)
alien mask (OpenClipart-Vectors)
Friends (Pexels)
Sad girl (Bessi)
Father and daughter (MabelAmber)
Einstein (stux)
Genius (geralt)
Rabbit and eagle (Capri23auto)
Magical forest (jplenio)
Temple (sunbeamphoto)
Waterfall (12019)
Apple pie (TesaPhotography)
Sydney Sunset (Hans)
Investment (Tumisu)
Auction hammer (QuinceCreative)
Kids playing soccer (PDPics)

Diamond (PublicDomainPictures)
Girl watching TV (dimitrisvetsikas1969)
The Bible (Pexels)
Woman in white dress (Victoria_Borodinova)
Vikings (GioeleFazzeri)
Girl reading a book (margarita_kochneva)
Indonesian Village (danielmorrism)
Wolves (illusion-X)
Salad (congerdesign)

I0540096

Fiona och den röda draken

Fiona Orchard satt hemma i sin lägenhet med utsikt över Sydneys östra förorter. Hon kände sig uttråkad. Hennes vän Rebecca hade ställt in deras tennisplaner, så hon hade inget att göra. Hon närmade sig sin far Lars som skrev en bok.

"Hej, pappa. Rebecca ville inte spela tennis med mig. Vill du spela igen?" Sa Fiona. Lars reste sig upp, sträckte på kroppen och mumlade. "Nej, jag är för gammal för att spela två gånger om dagen. Alla kan inte vara den bästa 7-åriga tennisspelaren i Raleigh Park."

"Pappa, du är 43. Vad sägs om att bli den bästa 43-åringen?" Fnissade Fiona.

"Jag är definitivt bland de tio bästa bland 43-åringarna," svarade Lars sanningsenligt, eftersom det inte fanns så många tennisspelare i förorten.

"Så, hur kan jag sysselsätta mig tills mamma Ling-Ling kommer hem?" Frågade Fiona.

"Du kan läsa den här boken. Den kommer att öppna dina sinnen," svarade Lars och gav Fiona en bok.

Fiona tog boken. Det var en av böckerna som hennes far hade skrivit, och han hade läst den för henne många gånger.

"Pappa. Du har redan läst den här boken för mig." Invände Fiona.

"Ja det har jag. Men du har aldrig läst den själv. Nu när du går i skolan måste du öva på att läsa." Svarade Lars.

"Nej, jag tittar hellre på TV," sa Fiona och satte på teven.

Poff

Fiona såg besviket hur Teven svartnade. Vad hade hänt?

"Pappa! Teven är trasig." Skrek Fiona. Lars skakade på huvudet och svarade: "Nej, Teven är inte trasig. Jag stängde av alla strömkontakter i lägenheten. Du kommer inte att kunna använda dina enheter förrän du har läst och sammanfattat handlingen i min bok."

Fiona suckade. Hennes pappa hade både rätt och fel. Att läsa var bättre för henne än att titta på hjärndöda tv-program. Det var dock synd att han snålade och bad henne att läsa hans böcker istället för att förse henne med kvalitetslitteratur.

"Åh... Om jag bara var tillräckligt gammal för att besöka biblioteket," tänkte

Fiona.

Hon insåg att det närmaste biblioteket låg två kilometer med bort flera vältrafikerade vägar i vägen. Detta var inte en lämplig vandring för en sjuåring. 'Jag ber mamma att köra mig dit när hon kommer hem,' tänkte Fiona och gick till sitt rum för att läsa sin fars bok för att blidka honom.

När hon bläddrade i boken blev hon riktigt sömnig. Hon lade boken över ansiktet och hon slumrade till.

***

När Fiona vaknade var hon i Surrealia. 'Wow, så det är så här Surrealia ser ut.' Tänkte Fiona när en bokfjäril landade på hennes hand. Texten på bokfjärilen var, "Ibland kan de bästa avsikterna leda till de sämsta resultaten. Var försiktig."

'Hmm, det är konstigt. Jag undrar vad det betyder?' Tänkte Fiona och försökte bestämma vad hon ville se först. Hon ville se Morgor den röda draken. Även om han var skrämmande så var detta bara en dröm och hon hade alltid velat se en röd drake.
"Flicka lilla. Vem är du och varför är du här?"
Fiona vände sig mot rösten. Det var en äldre flygande älva som talade med en eterisk röst.

"Nej, Teven är inte trasig. Jag stängde av alla strömkontakter i lägenheten. Du kommer inte att kunna använda dina enheter förrän du har läst och sammanfattat handlingen i min bok."

'Wow. Det måste vara Finkerbelle moderfen.' Tänkte Fiona och svarade. "Hej, Finkerbelle. Hur mår du idag?"
"Hur vet du mitt namn?" Frågade Finkerbelle förvirrat.
"Min far skapade dig och denna värld med sin fantasikraft. Jag vill träffa Morgor den röda draken," kvittrade Fiona.
"Jag vet inte vad du pratar om och du kan inte möta Morgor." Tillrättavisade Finkerbelle.
"Varför då? Har Diah Lubis redan dödat honom med sin DMP-19-pistol?" Frågade Fiona.
"Vad pratar du om? Morgor är inte död, och vem är Diah Lubis?" Frågade Finkerbelle.
"Uhm, vilket år är det i Surrealia?" Frågade Fiona.
"Det är 6e maj 2028. Vi har samma kalender som ni har på jorden." Svarade Finkerbelle.

Finkerbelles avslöjande gjorde Fiona uppspelt. Hon var i Surrealia, 160 år innan Diah Lubis skulle komma hit. Hon var på sitt eget äventyr i stället för att återuppleva sin fars äventyr. Det här var så spännande.

3

"Jag vill träffa Morgor på en gång," sa Fiona. "Det är för farligt. Morgor är 30 meter lång och han sprutar eld." Invände Finkerbelle. "Jag bryr mig inte. Det här är min dröm och jag vill bege mig på äventyr. Du kan inte stoppa mig." Svarade Fiona.

Finkerbelle svarade med att sjunga nonsens och hennes ansikte blev rött av ansträngningen. Så småningom svarade hon. "Det verkar som att mina magiska krafter inte påverkar dina drömkrafter. Du är fri att besöka Morgor. Han befinner sig i Rökiga Bergen."

'Wow, det här är så coolt.' Tänkte Fiona. Berget i fjärran påminde henne om Mount Ngauruhoe i Nya Zeeland, som hade använts för att symbolisera Mount Doom i Sagan om Ringen-filmerna. Fiona hade försökt korsa berget med sina föräldrar föregående år, men vandringen hade varit för lång för hennes korta ben. Men hon befann sig i en dröm nu, så hon kunde teleportera sig dit hon ville. Fiona använde sina drömkrafter och teleporterade sig till Morgors berg.

***

"Vi måste döda alla gröna drakar. Endast röda drakar får finnas kvar i Surrealia."

Till en början skrämde Morgors hatiska röst Fiona. Men snart insåg hon att det här var hennes dröm och att hon var tvungen att sätta Morgor på plats. Att hata någon på grund av hudfärg var en föräldrad idé, och Fiona behövde lära honom detta.

"Var inte fånig Morgor. Du kan inte hata någon på grund av deras hudfärg." Ropade Fiona, men hennes röst kändes svag jämfört med Morgors dånande vrål.

Morgor och de andra röda drakarna stirrade förvirrat på Fiona med sina glödande gula ögon. En av de kvinnliga drakarna talade. "Vad gör en ung människoflicka på vårt drakmöte? Du måste vara väldigt modig."
"Eller väldig dum," morrade Morgor.
"Du är dum, Morgor. Varför hatar du gröna drakar så mycket?" Frågade Fiona.
"Jag hatar dem för att min far hatade dem, och han hatade dem för att hans far hatade dem och så vidare. Vi har alltid hatat de gröna drakarna i min familj." Avslöjade Morgor.
"Död åt de gröna drakarna." Skanderade de andra drakarna.

Fiona blåstes nästan bort av de skrämmande dånen från de sjungande drakarna och hon fick ont i öronen. Hon

4

samlade sin viljestyrka och utropade. "Nu får det vara nog. Det här är min dröm, och ni måste sluta hata andra på grund av deras hudfärg."
"Varför då?" Frågade Morgor.
"Eftersom rasism är dumt. Vi människor dödade varandra på grund av hudfärg men det gör vi inte längre. Jag har vänner av alla färger och trosbekännelser. Jag har vita, gula, bruna och svarta vänner." Uppgav Fiona.
"Titta vem som försöker visa sig dygdig." Hånade Morgor.
"Jag säger det som det är", svarade Fiona.
"Så om rasism är fel, vad är en bra anledning till att hata andra? Vi är drakar, vi sprutar eld. Vi trivs med att hata. Muahaha." Sa Morgor.

Det här var en knepig fråga. Medan hat var en grundläggande känsla så ville Fiona inte ge drakarna anledningar att hata.

"Jag vet. Vi borde hata de antropomorfa ankorna i Trumpyville. Deras kvackande är irriterande, och deras kött är utsökt." Föreslog en av drakarna.
"Ja, det är en utmärkt idé. Död åt ankorna." Brusade Morgor.

Fiona suckade och kom ihåg texten på bokfjärilen. Det värsta scenariot hade inträffat. Hennes goda avsikter hade förenat drakarna och de oskyldiga ankorna i Surrealia skulle drabbas. Hon behövde åtgärda detta, men hur?

"Var inte fånig Morgor. Du kan inte hata någon på grund av deras hudfärg."

Fionas mammas röst fick Surrealia att blekna till intet.

***

"Så, var din fars bok dig så tråkig?" Retade Ling-Ling.
"Nej, den tog mig på ett stort äventyr. Läsning är så bra för sinnet." Svarade Fiona.
"Bra. Berätta allt för din pappa. Han älskar att få inspiration till sina böcker." Sa Ling-Ling.

Fiona nickade och rusade till Lars för att berätta om sitt äventyr. I slutet av hennes berättelse, sa han. "Oj, det var en bra historia. Du kommer att bli en bättre författare än jag en dag."

Då Fiona hade fullföljt sin uppgift satte Lars på strömmen till apparaterna i lägenheten så att Fiona kunde titta på TV.

20 minuter senare utropade Ling-Ling. "Middagen är serverad. Kom till köket. Vi äter Pekinganka."

När Fiona tittade på den rostade ankan, kände hon medlidande med den stackars varelse som hade lidit och dött för familjens middag. Hon insåg att det alltid skulle finnas lidande i världen och det enda hon kunde påverka var hennes egna handlingar och känslor. Åtmin-

5

stone kunde hon skapa en perfekt värld i
sina drömmar. En dag skulle hon föreställa
sig en fantasivärld där alla levde i harmoni.

"Så, var din fars bok dig så tråkig?"
"Nej, den tog mig på ett stort äventyr.
Läsning är så bra för sinnet."
"Bra. Berätta allt för din pappa. Han äl-
skar att få inspiration till sina böcker."

Fiona and Ptolemaeus.

Fiona tittade på en dokumentär tillsammans med sin far, Lars, i deras mysiga lägenhet i Kensington. Temat för dokumentären var solsystemet, och till hennes lättnad förstörde Lars det inte genom att mala om sina konspirationsteorier. Istället skrev han en av sina romaner medan han följde dokumentären med ett öga.

Efter att ha sett dokumentären kände Fiona sig förvirrad. Hennes far var aldrig så här tyst när han tittade på seriösa program. Vad stod på?

Fiona bestämde sig för att ta reda på det, så hon talade. "Du är väldigt tyst idag, pappa. Har du inga kommentarer till innehållet? "
"Det var en bra dokumentär med bra bilder. Jag gillar rymddokumentärer och många av mina böcker äger rum i rymden." Svarade Lars.
"Men tror du på vad dokumentären sa? Vilka andra perspektiv finns det?" Sa Fiona.
"Ja det gör jag. Eftersom den rådande alternativa teorin, platta jordenteorin, är rent nonsens." Svarade Lars.
"Varför är det så?" Frågade Fiona.
"Eftersom all annan vetenskap måste ha fel för att den plana jordteorin ska fungera. Till exempel skulle den förmodade isväggen som hindrar människor från att falla av jorden ha en mycket större omkrets än Antarktis. Dessutom fungerar inte årstiderna och tyngdkraften i den modellen." Förklarade Lars.
"Jag förstår. Finns det ingen annan teori som är meningsfull? Kom ihåg att du berättade att jag alltid ska se saker från flera

perspektiv." Svarade Fiona.

Lars stängde sin bärbara dator, strök hakan en stund och talade: "Hmm, Ptolemaios geocentriska modell av solsystemet var den accepterade modellen i 1500 år. Jag antar att den var vettig."
"Vad säger den modellen, pappa?" Frågade Fiona.
"I Ptolemaios modell är jorden rund och rätt storlek. Men solen är liten och kretsar kring jorden, medan planeterna är ännu mindre och kretsar kring solen." Svarade Lars.
"Wow. Det är vettigare än dokumentären vi tittade på. Kan du berätta mer?" Sa Fiona entusiastiskt.
"Uhm nej. Jag måste gå till jobbet nu. Ta en titt på Internet om du vill." Sa Lars, stängde sin bärbara dator och satte på sig sin fotbollsdomaruniform.

Fiona kände sig aningen besvikelse

över sin fars oförmåga att förklara den geocentriska modellen. Hon visste att det var meningslöst att fråga sin mamma Ling-Ling eftersom hon bara skulle upprepa innehållet i läroböckerna. Således fanns det bara en sak att göra. Hon behövde använda sina drömförmågor för att träffa Ptolemaios och få honom att förklara sin modell.

Efter att ha bestämt sig gick Fiona till sitt rum, slöt ögonen och beredde sig på ett fantastiskt äventyr.

***

När Fiona öppnade ögonen befann hon sig i den livliga staden Alexandria under antiken. Det stora biblioteket i Alexandria stod som centrum för staden, eftersom staden var centrum för vetenskapen. "Jag hittar nog Ptolemaios där inne," tänkte Fiona och hon gick i riktning mot biblioteket.

När hon såg de coola monumenten i staden som hedrade de egyptiska, grekiska och romerska gudarna kände sig Fiona besviken över att hon inte kunde ta med sina föräldrar i sin dröm. Hon hade besökt Alexandria med sina föräldrar några år tidigare, men monumenten hade varit ruiner och staden hade förorenats. Inte så coolt som

det här.

> *"I Ptolemaios modell är jorden rund och rätt storlek. Men solen är liten och kretsar kring jorden, medan planeterna är ännu mindre och kretsar kring solen."*

Fiona gick in i biblioteket där hon såg en skäggig man iklädd en toga som meckade med en mekanisk modell av solsystemet. Han hummade när han fick kuggarna i modellen att gå runt, vilket fick modellen att gnissla

Fiona tvekade. Hennes mamma hade sagt att hon inte borde närma sig konstiga män, och Ptolemaios i sitt långa skägg och udda kläder såg excentrisk ut. Fiona skakade av sin tvekan. Medan mamma Ling-Lings råd var bra för den verkliga världen hade Fiona inget att frukta i sina drömmar.

Fiona närmade sig Ptolemaios och talade. "Hej, Ptolemaios. Kan du snälla förklara hur din geocentriska modell fungerar?"

Ptolemaios vände sig mot Fiona, studerade henne och talade: "Hur vet du mitt namn och varifrån kommer du? Jag har aldrig sett ett barn som du förut."

"Uhm, jag heter Fiona Orchard och jag kommer från Australien. Vad heter du?" Svarade Fiona.

"Jag heter Claudius Ptolemaeus, och jag kämpar med min modell?" Sa Ptolemaeus.

"Jag förstår. Har du provat att göra solen enorm och att göra så att alla planeter inklusive jorden kretsar kring solen?" Föreslog Fiona.

"Var inte dum. Alla kan se att solen är mycket mindre än jorden. Det jag kämpar med är att få den här modellen att fungera utan att gnissla. Olivolja är inte tillräckligt bra som smörjmedel. Jag behöver något bättre." Malde Ptolemaeus.

"Åh, var kan jag få bättre olja?" Tänkte Fiona. Hon insåg att hon kunde trolla fram petroleumbaserade smörjmedel eftersom detta var hennes dröm.

"Vad sägs om den här oljan?" Sa Fiona och gav Ptolemaeus en burk spraysmörjmedel. Ptolemaeus sprutade oljan på handen, smakade på den och grinade. "Vad är det här för olja? Den smakar hemskt."
Fiona fnissade och svarade: "Du är inte menad att smaka den. Spreja den på kuggarna i din modell."

Ptolemaeus mumlade något, smörjde kugghjulen med oljan, vred veven, log och talade. "Äntligen har kuggarna slutat gnissla. Jag är redo att visa världen min modell av universum!"

"Jag förstår. Kan du förklara modellen för mig?" Frågade Fiona.

"Eftersom du hjälpte mig gör jag det gärna. I min modell är jorden i centrum av universum. Solen kretsar kring jorden på ett avstånd av 1210 radier, medan de andra planeterna är små och kretsar kring solen. Dessutom sitter alla andra stjärnor fast vid kanten av universum på ett avstånd av 20

000 radier." Svarade Ptolemaeus.

"Häftigt. Kan vi flyga närmare solen på en Pegasus som Icarus gjorde?" Frågade Fiona. Ptolemaeus skrattade och svarade. "Tyvärr inte. 1210 radier är detsamma som att flyga jorden runt 200 gånger. Det kan du inte göra på en häst. "

Fiona nickade och svarade. "Jag förstår. Vad sägs om att åka med en raket? "

"Vad är en raket?" Frågade Ptolemaeus.

"Det är ett stort metallfartyg med eld som kommer ut från botten. Det är väldigt snabbt. Kom till taket på byggnaden så visar jag dig." Sa Fiona och sprang upp till rymdskeppet som hon hade frammanat med sina drömkrafter.

***

"Tre, två, ett, redo för start!" Kvittrade Fiona när hon tryckte på startknappen medan hon var i rymdskeppet med Ptolemaeus.

När hon tryckte på knappen fick hon 10

en insikt; att starta en raket ovanpå det viktigaste biblioteket i världshistorien var en dum idé. Hon hade inte tid att tänka på det här, eftersom raketen pressade tillbaka henne i sätet med mycket mer kraft än den snabbaste berg- och dalbanan.

"Var inte dum. Alla kan se att solen är mycket mindre än jorden. Det jag kämpar med är att få den här modellen att fungera utan att gnissla."

"Oj, jag trodde aldrig att jag skulle kunna besöka rymden. Men det var synd att du brände ner det stora biblioteket i Alexandria." Sa Ptolemaeus.

"Det är okej. Det skulle ha hänt förr eller senare oavsett. Det var dumt att förvara originalen till alla antikens verk på ett enda ställe. Böcker är brandfarliga." Sa Fiona.

"Så vad gör vi nu?" Sa Ptolemaeus.

"Nu när vi har lämnat jorden kan vi ta reda på om solen kretsar kring jorden eller vice versa. Vi kan också ta reda på om de andra planeterna är små eller stora." Sa Fiona.

Tyvärr kunde Fiona inte få de svar hon letade efter eftersom en hög röst fick hennes dröm att kollapsa.

***

"Fiona! Middagen är klar!" Skrek mamma Ling-Ling.

Fiona skakade på huvudet men log samtidigt. Hon var besviken över att hon inte kunde ta reda på om Ptolemaeus hade rätt eller fel. Men samtidigt så älskade hon sin mors matlagning och middagen luktade gott.

Fiona och utomjordingen.

Fiona Orchard satt hemma och lekte med sin Halloween-mask. För årets bus-eller-godis ville hon klä sig ut till en utomjording, eftersom hon älskade sci-fi-filmer. Masken var mycket läskig, och den skulle skrämma alla. Detta skulle vara en kul förändring eftersom hon normalt sett var en väldigt söt tjej.

Det fanns dock ett problem. Fionas mamma Ling-Ling ville inte låta henne hålla på med bus-eller-godis. Fiona tyckte att hennes mamma var orättvis och bestämde sig för att uttrycka sitt missnöje: "Men mamma, varför kan jag inte busa i grannskapet. Alla andra barn får delta."

"Det är för farligt. Jag vill inte att du ska knacka på hos någon elaking." Svarade Ling-Ling.

"Men det är kul." Invände Fiona.

"Det spelar ingen roll. Jag köpte en påse godis som du kan äta medan du hänger med dina vänner efteråt." Svarade Ling-Ling.

"Mamma, ta inte bort det roliga med Halloween," klagade Fiona.

"Jag bryr mig inte. Jag är din mamma; du måste lyda mig." Svarade Ling-Ling.

När hon hörde detta blev Fiona frustrerad, gick till sitt rum och smällde dörren bakom sig.

När hon surade i sitt rum hörde hon att hennes far kom hem. 'Hmm, kanske kan jag övertyga pappa att låta mig busa,' tänkte Fiona, närmade sig Lars och talade: 'Hej pappa. Jag är så glad att se dig. Hur var det på jobbet?"

"Det är trevligt att se dig också, Fiona. Vilka fördelar försöker du skaffa?" Svarade Lars och log.

'Aj då, jag är för lättläst,' tänkte Fiona och svarade. "Så Rebecca, Sandra och jag funderade på att köra bus-eller-godis eftersom det är Halloween."

"Din mamma sa redan nej, eller hur?" Svarade Lars.

"Uhm, ja," svarade Fiona.

"Då borde du lyssna på din mamma," svarade Lars.

"Men varför? Hon är dum och neurotisk," gnällde Fiona.

"Tja, bus eller godis är inte en lämplig aktivitet ur ett risk- / nyttoperspektiv," svarade Lars.

"Vad menar du?" Frågade Fiona.

"Risken för en ung flicka som knackar på någons dörr är att hon hamnar i en galnings fängelsehåla. Den enda märkbara för-

12

delen är godis värt ett par dollar. Din mamma och jag eliminerar den risken genom att köpa tillräckligt med godis för dig och dina vänner." Förklarade Lars.

"Men pappa, du förstör det roliga. Tänkte du någonsin på det?" Gnällde Fiona.

"Ja, men tyvärr är det mitt föräldraansvar att minska risker. Gå till ditt rum, Fiona. Säg till om du behöver en skjuts till din väns hem." Sa Lars och gick till köket.

När hon hörde detta gav Fiona upp. Hon tog sin godispåse, gick till sitt rum och surade. För att lugna sin ilska åt hon godiset för snabbt, kände sig illamående och somnade.

***

När Fiona återkom till sina sinnen, busade hon med Rebecca och Sandra.

'Wow, så jag övertygade pappa att låta mig köra bus-eller-godis?' Tänkte Fiona och funderade på om hon hade lämnat lägenheten i trots.

Hon kände sig lite skyldig för att hon oroade sina föräldrar, men hon släppte det när Rebecca kvittrade, "Wow, det huset ser så coolt ut. Jag slår vad om att de har det bästa

> *"Risken för en ung flicka som knackar på någons dörr är att hon hamnar i en galnings fängelsehåla. Den enda märkbara fördelen är godis värt ett par dollar. Din mamma och jag eliminerar den risken genom att köpa tillräckligt med godis för dig och dina vänner."*

godiset!"

Fiona tittade på huset. Innehavaren hade gått all-in med dekorationerna. Grönt snor täckte dörrhandtaget, lila rök strömmade ut från fönstren och ett rymdskepp var parkerat i bakgården.

"Det är din tur att busa, Fiona. Var inte en fegis." Retades Sandra.

Fiona tvekade. Hon mindes att hennes mamma hade förbjudit henne från att busa, och hennes mors ångest påverkade henne. Men å andra sidan, varför skulle hon tillåta rädsla att förstöra det roliga?

Fiona knackade på dörren och en slemmig snigelliknande varelse som såg ut som en smalare version av Jabba the Hutt öppnade dörren.

"Gring , Grong, Grung." Sa utomjordingen.

Fiona stirrade i en blandning av terror och fascination på den hemska varelsen. Den som bodde här var verkligen en Halloween-entusiast.

Fiona stammade, "Bus-eller-godis?"

13

"Ding, dong, dung," svarade utomjordingen. "Uhm, kan du snälla prata svenska?" Frågade Fiona.

Utomjordingen kikade på Fiona, grimaserade och svarade. "Naturligtvis kan jag prata svenska. Men varför skulle jag prata svenska med min dotter? Vi måste behålla vårt Zung- arv som diplomater från Wolf-359-stjärnsystemet.

Fiona stirrade på husägaren. Vad pratade hon om?

"Fiona, spring. Det är ett monster." Skrek Rebecca och Sandra och flydde från platsen. Innan Fiona hann fly, grep utomjordingen tag i henne och skällde. "Så, leker du med människor nu? Jag skäms över att du inte värderar ditt arv. Du får utegångsförbud, min unga dam."

Först förstod Fiona inte varför rymdvarelsen trodde att hon var hennes dotter, men sedan såg Fiona sig själv och varelsen i spegeln. När Fiona bar sin Halloween-mask såg hon ut som dottern till den slemmiga rymdvarelsen.

"Låt mig gå. Jag är en människa." Vädjade Fiona.

"Struntprat. Förneka inte vad du är!" Sa utomjordingen och rapade ut illaluktande lila gas.

Med detta sagt lyfte utomjordingen Fiona över axeln och förde henne till fängelsehålan.

"Du kommer att sitta här tills du beter dig, unga dam." Skällde rymdvarelsen och låste

dörren bakom sig.

Fiona grät. Hon ångrade att hon inte lyssnade på sina föräldrar, även om hennes föräldrar bara hade varnat henne för dåliga människor. De hade aldrig varnat för illaluktande utomjordingar med ledsyn.
Men kanske var detta ett missförstånd?

Fiona drog av sig masken, började banka på dörren och ropade: "Släpp ut mig. Jag är en människa."

"Gring , Dong, Zung." Skrek utomjordingen och kom rusande till dörren.

När rymdvarelsen öppnade dörren kikade hon mot Fiona och talade. "Zung , varför har du en mänsklig mask. En sådan mask skrämmer ingen på jorden."

"Det är ingen mask; det är mitt verkliga ansikte. Jag är en människa." Svarade Fiona.

"Jag har fått nog av din besatthet av människor. Vi åker till vår hemplanet så att du kan få hjälp med dina problem." Sa utom-

14

jordingen, grep tag Fiona och bar henne till rymdskeppet i bakgården.

När de väl var på rymdskeppet spände rymdvarelsen fast Fiona vid en stol och startade motorerna. När raketen drev iväg från jorden såg Fiona hur hennes hem blev mindre och mindre.

Utomjordingen kikade på Fiona, grimaserade och svarade. "Naturligtvis kan jag prata svenska. Men varför skulle jag prata svenska med min dotter? Vi måste behålla vårt Zung- arv som diplomater från Wolf-359-stjärnsystemet.

hon skulle hamna i en fängelsehåla.

"Mamma, jag borde ha lyssnat på dig. Förlåt mig!" Snyftade Fiona.

***

"Fiona. Dina vänner är här."

Fiona vaknade och kände sig lättad när hon insåg att hon hade drömt. Vilken mardröm! Fiona tittade på sin rymdvarelsemask som låg på golvet. Hon skulle aldrig bära den där igen. Hon gick till dörren för att hälsa på sina vänner Rebecca och Sandra.

"Tjena. Hur gick det med bus-eller-godis? " Frågade Fiona.
"Det gick inte så bra. De flest öppnade inte dörren, och ingen hade godis åt oss." Svarade Sandra.
"Inget godis?" Frågade Fiona.
"Ja, bus-eller-godis är inte så vanligt som det är i amerikanska filmer," svarade Rebecca.
"Åh, men jag har mycket godis. Låt oss äta det och titta på prinsessfilmer." Kvittrade Fiona.

"Ja. Vi kommer att ha så kul, " utropade Sandra.

Med detta sagt satte sig flickorna vid Teven för att titta på prinsessfilmer. De hade en kul kväll och njöt av godiset som Fionas föräldrar hade gett henne för att minska risken för att

Fiona och Einsteinmötet

Fiona tittade på sina betyg från Kensingtons grundskola. Hennes drömförmågor ledde inte till bra betyg, och med ett genomsnitt på C i de flesta av hennes skolämnen var hon bara en genomsnittlig tredjeklassare.

För pappa Lars var detta ett acceptabelt resultat, men för mamma Ling-Ling var det inte det. För Ling-Ling, liksom många andra asiatiska föräldrar, behövde hennes barn uppnå det hon hade aldrig uppnådde själv och ha toppbetyg.

Fiona gick hem med en sorgsen blick. Hon vågade inte berätta för sin mamma om sina betyg, men hon ville få det gjort så att hon kunde njuta av resten av sommarlovet i fred. Fionas besvikelse var svår att hantera, och hon började gråta på vägen hem.

Lars träffade henne i parken utanför deras lägenhet. Han tittade oroligt på henne och sa: "Varför gråter du, Fiona. Hände det något i skolan?"
"Jag känner mig så dum ..." snyftade Fiona.
"Varför säger du det?" Svarade Lars.
"Mina betyg ... Jag fick C i genomsnitt." Svarade Fiona.
"Att få C betyder inte att du är dum, det är genomsnittligt. Så känn inte så." Svarade Lars.
"Jo, men mamma kommer att bli upprörd." Snyftade Fiona.
"Jo, men du lever inte för att behaga mamma, eller hur?" Sa Lars.
"Jag antar att du har rätt, pappa," svarade Fiona.

"Bra. Var en bra tjej som lever ett bra liv och inte skadar någon, och jag kunde inte vara stoltare över dig." Sa Lars, lyfte Fiona, och kysste hennes panna.

Fiona kände sig tröstad av sin fars ord och hans omfamning. Lars hade rätt. Om hon var normalbegåvad och hon inte skadade någon med sina handlingar, vad fanns det då att vara ledsen över?

"Så, kommer du att prata med mamma för min skull?" Frågade Fiona.
"Nej, men jag säger så här. Även om Ling-Ling kommer att uttrycka sin besvikelse, så älskar hon dig fortfarande. Alla dagar kan inte vara fantastiska, sånt det är livet. Men om några dagar åker vi till Gold Coast så att du kan besöka alla nöjesparker. Det kommer att bli kul, eller hur?" sa Lars.
"Ja!" Kvittrade Fiona.

"Så, vill du komma och träna med pappa?" Frågade Lars.

"Nej, jag går hellre hem och tar en tupplur. Jag kunde inte sova i natt eftersom jag var så nervös för mina betyg." Erkände Fiona.

"Okej, jag följer dig hem innan jag beger mig ut," svarade Lars och bar lilla Fiona tillbaka till deras lägenhet.

När de kom hem, bäddade Lars ner Fiona i sängen och smög ut.

"Åh, jag önskar att den här dagen kunde vara över," tänkte Fiona och somnade då hon var utmattad efter sin natt med onödiga bekymmer.

***

När Fiona vaknade befann hon sig i en historisk europeisk stad som hon inte kände igen. De flesta åkte hästvagnar, medan några körde veteranbilar.

Hon gick fram till en kvinna och talade: "Hej, jag heter Fiona och jag är vilse. Var och när är jag?"
Kvinnan skrattade och svarade: "Du har tur att det här är en dröm, annars skulle jag tycka att du var knasig. Du befinner dig i den schweiziska staden Bern, och året är 1905."

Fiona blev konfunderad av kvinnans svar. Varför drömde hon om att vara i Schweiz år 1905? Vad stod på?

'Wow, det måste vara Albert Einstein.' Tänkte Fiona när hon såg en excentrisk man som skrev i en anteckningsbok medan han satt under ett träd. Fiona bestämde sig för att prata med Einstein. Han var den intelligentaste mannen i mänsklighetens historia, och han kunde lära henne att bli smart också.

"Hej, professor Einstein." Kvittrade Fiona.
"Åh hej, lilla tjejen. Jag är inte professor. Jag är en uttråkad patentadministratör som arbetar med en teori." Sa Einstein.
"Okej, det ser ut som att du klottrar nonsens. Vad heter din teori?" Frågade Fiona.
"Relativitetsteorin. Jag har allt planerat, men jag saknar min genombrottsformel." Svarade Einstein.
"Ah, du menar som E = MC^2?" Frågade Fiona.

Einstein tittade förvånat på Fiona, räknade lite, och utropade: "Wow! Du har hjälpt mig med den saknade beräkningen i min formelkedja. Du måste vara så smart!"
"Uhm, jag är bara en genomsnittlig student. Jag är orolig att min mamma kommer att bli besviken när hon får höra om mina betyg." Erkände Fiona.
Einstein log mot Fiona och svarade:

"Relativitetsteorin. Jag har allt planerat, men jag saknar min genombrottsformel."
"Ah, du menar som E = MC^2?"

17

"Oroa dig inte. Alla är genier. Men om du bedömer en fisk efter dess förmåga att klättra i träd, kommer den att leva sitt liv i tron att den är dum."

"Så säger du att jag har stora förmågor?" Frågade Fiona.

"Ja. Alla kan inte möta historiska personer med tankens kraft." Svarade Einstein.

"Tack Einstein!" Utbrast Fiona glatt.

"Snälla kalla mig Albert", svarade Einstein.

När hon hörde Einsteins uppmuntrande ord mådde Fiona bra igen. Oavsett vad hennes mamma skulle säga om hennes betyg var hon nöjd med hur hon var, och det var det viktigaste i livet.

"Tack, Albert. Innan jag beger mig av kan du berätta om dina teorier?" Sa Fiona.

"Enligt mina teorier kan vi få gränslös energi, kraftfulla vapen och tidsresor. Alla säger att jag är galen, men en dag kommer mina drömmar att gå i uppfyllelse." Svarade Einstein.

Fiona suckade. Hon visste att det enda som hade kommit från Einsteins teorier var uppfinningen av kärnvapen. År 2028 var gränslös energi och tidsresor fortfarande avlägsna drömmar. Men varför skulle hon demoralisera den milda excentriska mannen som hade hjälpt henne?

"Tack, Albert. Det är dags för mig att vakna nu," sa Fiona och vaknade i sitt rum.

***

Fiona kände sig nervös när hon närmade sig matbordet. Hennes mamma hade inte nämnt hennes betyg men hon fruktade att ämnet skulle komma upp. När hon kom till matbordet såg hon en tårta med följande text på glasyren. 'Grattis till vår favoritdot-

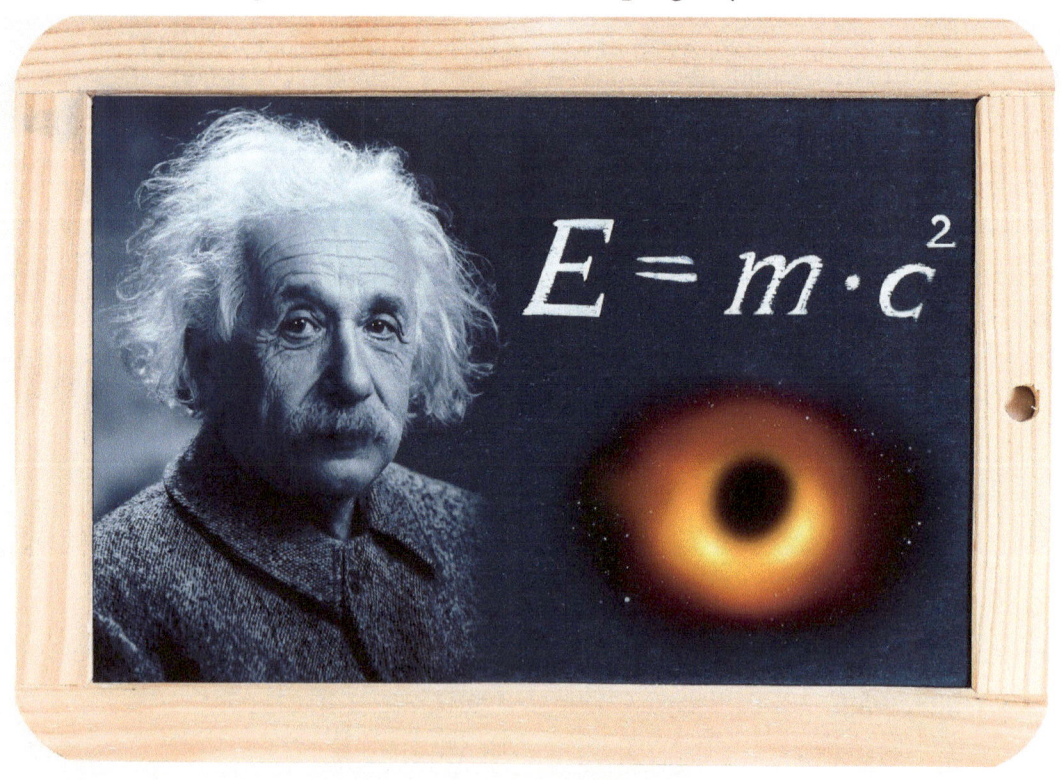

ter för att hon har bättre betyg än hälften av sin klass.'

Fiona tjöt av glädje, tittade på Ling-Ling och talade: "Ha! Så du är inte besviken över mina betyg?"
Ling-Ling fejkade ett leende och svarade:
"Det är jag, men jag vill inte att du ska känna dig som ett misslyckande. Jag älskar dig, oavsett dina betyg, och jag vill att du ska hitta motivation att göra det bästa du kan."
"Tack mamma," svarade Fiona.
"Så, vad väntar vi på, låt oss äta den här tårtan!" Utbrast Lars.
"Sakta i backarna, älskling. Först måste vi äta middag. Jag tillagade en kycklingsallad för att balansera den ohälsosamma tårtan." Svarade Ling-Ling och log.

Efter att Ling-Ling sagt detta hade familjen en trevlig kväll tillsammans. Fiona kände

"Oroa dig inte. Alla är genier. Men om du bedömer en fisk efter dess förmåga att klättra i träd, kommer den att leva sitt liv i tron att den är dum."

sig lättad över att hennes mediokra betyg inte hade orsakat någon sorg, och hon känne sig motiverad att anstränga sig mer nästa termin. För när allt kom omkring så skulle hon anstränga sig mer för att släcka sin törst för kunskap, än om hon studerade hårt för att undvika straff.

Kycklingsalladen och tårtan var smaskiga, och om några dagar, skulle hon åka till Gold Coast och åka bergochdalbana!

Fiona och älvkungen

Fiona promenerade med sin pappa när hon såg något som fascinerade och skrämde henne. Hon såg en örn som dök ner från himlen och fångade en kanin med ett imponerande svep. Medan örnens graciösa rörelser var en naturkraft kände hon sig ledsen över kaninens bortgång. Kaniner var så söta och fluffiga. Att leka med sin vän Jasmines kanin hade gett henne många goda minnen. Fiona behövde stoppa örnen!

"Pappa, vi måste stoppa örnen från att döda kaninen," utropade Fiona.
"Döda kaninen? Örnen bjuder hem kaninen på kaffe och bullar. Att flyga dit är det snabbaste sättet." Retade Lars.

Hennes pappas kommentar gjorde Fiona upprörd. Hon knuffade honom och utropade: "Gör inte narr av mig, pappa. Örnen kommer att döda kaninen. Vi måste stoppa den."
"Flicka lilla, örnen och kaninen är där borta, och vi är här. Vi har inga vingar. Hur föreslår du att vi stoppar örnen?" Sa Lars och skrattade.
"Jag önskar att vi hade ett gevär. Då kunde vi skjuta örnen för att den är så elak." Utbrast Fiona.
"Jo, men förutom att det skottet är omöjligt, skulle vi också döda kaninen om vi sköt örnen. Ett fall från den höjden går inte att överleva. Dessutom är örnens fångst av kaninen den naturliga händelsekedjan." Förklarade Lars.
"Jag antar att du har rätt. Kan vi bli veganer, så att vår livsstil inte skadar oskyldiga djur?" Frågade Fiona.

"Nej. Att avstå från kött är inget jag är villig att göra för att blidka dina nycker. Dessutom medför även veganska livsstilar att andra djur lider." Svarade Lars.
"Nej! Veganer konsumerar inte animaliska produkter. De är snälla mot miljön." Invände Fiona.
"Men även om du blir en vegan, så vill du fortfarande ha mobiltelefoner, datorer och de senaste modekläderna. Produktionen av dessa föremål skadar miljön och orsakar lidande." Svarade Lars.

Hennes pappas ord gjorde Fiona upprörd. Hon gillade inte hur han hade avfärdat hennes idé utan att överväga en kompromiss. Lars var gammalmodig och hade förutfattade meningar!

"Så, finns det något sätt att skapa en värld utan lidande?" Frågade Fiona.

"Min fiktiva planet Elvonia var ett paradis innan Rangda och hennes Xenos invaderade. Du kan fråga kung Mellron om hans värld i din nästa dröm," föreslog Lars.

"Okej, pappa," svarade Fiona och tittade bort.

De gick i ytterligare två timmar, men Fiona kunde inte njuta av landskapet och den friska luften i Royal National Park. Att bevittna naturens grymhet hade gjort henne upprörd, och hon avskydde att den söta kaninen måste lida.

Så småningom nådde de bilen och började åka hem. Efter att ha åkt ett tag, blev Fiona trött på att sura, så hon somnade.

***

När Fiona vaknade befann hon sig i en fridfull skog där allt glittrade med ett magiskt ljus. Det var den vackraste skogen hon någonsin sett, och det lugnande sorlet från en närliggande bäck gjorde henne sömnig.

"Jag vill inte sova; Jag vill utforska denna magiska plats." Tänkte Fiona och höll sig vaken.

Hon gick mot ljudet av vattnet och nådde ett gammalt tempel. Bredvid templet fanns ett vattenfall som skimrade i en blandning av blått och rött från den snart nedgångna solen. Hon hörde sång på ett mystiskt språk från templets inre helgedom.

Fiona gick in i templet för att undersöka. Hon gillade den här drömmen, och hon kunde inte vänta med att se vart den ledde henne.

"Gong Dau, Gong Dia, Gong Undung. Mua Elvonia. (För det förflutna, för nuet, för framtiden, mitt Elvonia.)"

Fiona såg en grupp älvor som sjöng framför en majestätisk blå kristall som lyste med ett lugnande blått ljus. Ljuset var klart som solljus, men det skadade inte ögonen. Älvkungen, som bar ett invecklad huvudbonad, höjde handen för att stoppa sången.

När sången slutade, gick kungen ner från altaret och talade: "Hälsningar. Jag är kung Mellron. Vad gör en människoflicka på Elvonia?"

"Hej, kung Mellron. Jag heter Fiona, och jag är här för att lära mig om er värld. Min far sa att den här planeten är ett paradis. Den perfekta världen, där ingen lider?" Frågade Fiona.

"Åh ja, din pappa har rätt. Jag önskar att mänskligheten kunde leva på samma sätt. Men ni är inte lika anpassade till den sanne skaparen som vi älvor är." Förkla- 21 rade Mellron.

"Vem är den sanna skaparen?" Frågade Fiona.

"Den sanne skaparen är universums skapare. Hon är alltid närvarande här på Elvonia genom zetokristallens harmoniska kraft. Alla varelser på denna planet lever i harmoni till slutet av deras livstider när de går vidare utan fruktan." Hävdade Mellron.

"Så, är alla djuren växtätare?" Frågade Fiona.

"Nej. Köttätarna har en avgörande roll på denna planet. När en växtätare når slutet av sin livslängd, erbjuder sig djuret på efterlivets altare. Köttätare omger det altaret, och de dödar de sjuka djuren så smärtfritt som möjligt. När köttätarna äter de sjuka djuren sprider de dess näringsämnen via sin avföring i en oändlig cykel." Förklarade Mellron.

"Wow, det låter fantastiskt. Varför fungerar inte ekosystemet likadant på jorden?" Frågade Fiona.

"Jorden skapades inte för att vara ett paradis. Den har ett annat syfte, som bara den sanne skaparen känner till." Förklarade Mellron.

Fiona nickade men sa ingenting.

"Hej pappa, kan jag leka med människan?" Kvittrade en ung älvpojke.

Mellron tittade strikt på pojken och svarade. "Nej, Adaron, det kan du inte. Vi måste sjunga Mua Elvonia 98 gånger till innan vi äter middag, och vi är försenade eftersom Fiona avbröt oss."

"Vänta. Det här är min dröm och jag vill att Adaron ska visa mig runt." Begärde Fiona.

Mellron såg uppgiven ut, suckade och svarade: "Okej, Fiona med drömkrafterna.

Detta är mitt rike, men det är din dröm. Se till att min son uppför sig och är hemma i tid för middag."

"Jag lovar. Kom Adaron, låt oss bege oss på ett äventyr." Kvittrade Fiona och de två barnen sprang ut från templet så att de kunde ge sig ut på äventyr innan Adaron behövde äta middag.

När de lämnade templet såg Fiona en Pegasus. Hon hade aldrig sett en flygande häst förut, och detta gjorde henne uppspelt.

"Wow, en bevingad häst. Kan vi flyga den?" Frågade Fiona.

"Jag antar att vi kan det. Mitchki, kom hit." Kallade Adaron och Pegasus närmade sig dem.

Fiona och Adaron klev på den bevingade hästen och Fiona utbrast. "Jippi. Vilket är det bästa stället att besöka?"

"Jag vet inte. Du bör bestämma." Svarade Adaron.

"Låt oss flyga till den där klippan," Sa Fiona och styrde hästen till en närliggande klippavsats, som hade ett äppelträd med blå äpplen.

När de landade, steg Fiona av hästen och tog några äpplen från äppelträd. "Låt oss äta äpplen och njuta av solnedgången," Sa Fiona och barnen satte sig ner.

Jag har ingen fri vilja. Varje dag är en upprepning av föregående dag. Din ankomst är det mest spännande som någonsin har hänt mig. Jag önskar att jag var på jorden, där människor och djur har fri vilja.

"Det är vackert här uppe. Kommer du ofta hit?" Frågade Fiona medan hon tuggade på det blå äpplet som smakade som en hybrid mellan plommon och äpplen.
"Nej, aldrig ..." svarade Adaron.
"Varför inte? Det är så nära ditt hem. Var brukar du åka?" Frågade Fiona.
"Jag ... jag vet inte." Stammade Adaron.
"Vad är fel?" Frågade Fiona.
"Jag har ingen fri vilja. Varje dag är en upprepning av föregående dag. Din ankomst är det mest spännande som någonsin har hänt mig. Jag önskar att jag var på jorden, där människor och djur har fri vilja." Utropade Adaron.

Fiona tittade på Adaron och reflekterade över vad han hade sagt. På ytan verkade Elvonia som ett paradis. Men så som Adaron beskrev livet här verkade det urtrist. Paradiset var inte det hon sökte, hon föredrog att leva på jorden med dess glädjeämnen och sorger.

"Uhm, min pappa kommer att bli upprörd för att jag är sen till middag. Detta har aldrig hänt förut." Mumlade Adaron.
"Oroa dig inte. Det här är en dröm." Sa Fiona, kramade Adaron, blundade och vaknade i bilen när den parkerade hemma i

Kensington.

***

"Fiona, varför springer du?" Frågade Lars när hon sprang ur bilen.
"Jag måste säga något till mamma, vi ses snart." Kvittrade Fiona och rusade till hissen.

När hon kom hem kramade hon sin mamma och sa. "Tack mamma. Jag är så glad att dina gudar, Gud och Jesus, gav oss fri vilja."
"Jag är glad att du säger det. Berätta vad som hände," svarade Ling-Ling.
"Jag såg en örn döda en kanin när jag promenerade med pappa. Jag kände mig ledsen och jag drömde om den perfekta världen där dåliga saker aldrig hände.
"Wow, min lilla älskling. Du har de mest livliga drömmarna. Jag har bakat äppelpaj

till dig. Du förtjänar den efter din långa promenad." Sa Ling-Ling och log.
"Mamma, du är bäst." Svarade Fiona och hon tog för sig av Ling-Lings läckra äppelpaj.

Hon tog sin tallrik och gick till balkongen för att titta på solnedgången, glad över vetskapen att det var hennes val att göra det.

*"Jag anlände vid Elvonia, och allt ver-
kade perfekt tills en pojke berättade
att orsaken till att inget dåligt hände
var att deras gudom inte gav dem fri
vilja. Det är därför jag är glad över att
vara en människa på jorden."*

Fiona och diamanten.

Fiona tittade på mamma Ling-Ling som beundrade sin smyckesamling. Medan Ling-Lings diamanter var långt ifrån de största i världen verkade hon fascinerad när hon tittade på de transparenta stenarna.

Fiona kunde inte förstå sin mammas fascination eller varför hon förvarade stenarna i kassaskåpet. Den föregående veckan hade hennes pappa köpt liknande stenar till Fiona i leksaksaffären för en småsumma.

"Hej mamma, varför låser du in dina stenar i stället för att leka med dem?" Frågade Fiona.

"Åh, det är för att jag är orolig för att förlora dem om jag använder dom. De är säkra om jag förvarar dem i kassaskåpet," svarade Ling-Ling.

"Men vad är vitsen med att köpa dyra leksaker om du inte kan leka med dem?" Frågade Fiona.

"Vitsen är att jag vet att jag äger dem och att jag kan titta på dem när jag vill." Svarade Ling-Ling.

Fiona skakade på huvudet. Hon kunde inte förstå sin mammas fascination för ädelstenar, eftersom hon aldrig använde dom. Hon bestämde sig för att diskutera ämnet med pappa Lars.

Lars tittade på buskishumor när Fiona närmade sig honom. Han log mot henne och talade: "Hej Fiona. Har du redan tröttnat på mammas ädelstenar?"

"Ja, jag vet inte varför hon har smycken som hon aldrig använder. Är de bra som inves-

teringar?" Frågade Fiona.

"Sedan när bryr du dig om investeringar?" Frågade Lars.

"Jag lyssnade på att din och Geoffrey diskussion om investeringar häromdagen. Jag träffade Warren Buffet i mina drömmar den natten. Jag vill bli lika bra på att investera som han var, eller åtminstone vill jag bli bättre än vad du och Geoffrey är." Berättade Fiona.

När han hörde detta skrattade Lars. Det var tur att Fiona hade en bra reservplan. Att bli en bättre investerare än honom eller Geoffrey, var enkelt att uppnå!

"Sällsynta ädelstenar kan säljas för en förmögenhet på auktioner. De stenar din mamma köper förlorar 80 procent av sitt värde, så snart de lämnar butiken." Berättade Lars.

"Varför är det så?" Frågade Fiona. "För om något är väldigt sällsynt kommer de rika att betala en förmögenhet för det, därför att de kan. De ädelstenar som mamma köper är vanliga stenar, som stöds av marknadsmanipulation och reklam." Förklarade Lars.

"Okej. Tack för rådet. Nu vet jag att jag behöver hitta en sällsynt diamant och sälja den." Sa Fiona och gick.

"Lycka till, min flicka," sa Lars, skrattade och vände uppmärksamheten mot komediserien.

'Åh, jag ska visa honom.' Tänkte Fiona och gick till sitt rum för att besöka platsen där allt var möjligt; hennes drömmar.

***

När Fiona öppnade ögonen förblindade kcamerablixtar henne. Vart hade hennes drömmar fört henne?

"Skåda. Fiona Orchard, innehavaren av Orchard Diamanten, världens största och klaraste diamant.

Fiona tittade på auktionsförrättaren som stod på andra sidan den stora diamanten. Hon förstod inte vad som var speciellt med den, då den ut som en vanlig prismatisk glasbit.

När han hörde detta skrattade Lars. Det var tur att Fiona hade en bra reservplan. Att bli en bättre investerare än honom eller Geoffrey, var enkelt att slå!

"Hmm, kanske har den några magiska egenskaper," tänkte Fiona.

Hon bestämde sig för att sjunga den vers hon hade hört på Elvonia under ett tidigare äventyr, "Gong Dau, Gong Dia, Gong Undung. Mua Elvonia. (För det förflutna, för nuet, för framtiden, mitt Elvonia.)"

Sången påverkade inte diamanten, och nu tittade alla på henne. Så jobbigt!

"Uhm det är en mycket vacker diamant. Buda gärna på den." Sa Fiona generat.

"Ni hörde den unga damen. Hörde jag 10 miljoner dollar?" Mässade auktionsförrättaren.

"Ja!" svarade en man.

"15 miljoner dollar?" Fortsatte Auktionsförrättaren.

"Här!" Svarade en kvinna.

När hon hörde hur budgivarna försökte överträffa varandra, log Fiona och drömde om hur livet skulle bli när pengarna var hennes.

"Var inte girig, du blir lyckligare om du bara behåller tillräckligt med pengar för att leva ett gott liv."

Fiona vände sig mot rösten. Den tillhörde Finkerbelle, moderfen. Finkerbelle hade varnat Fiona för att träffa de röda drakarna under ett tidigare äventyr. Fiona hade inte lyssnat på Finkerbelle och hon hade orsakat mycket skada genom att förena drakarna mot resten av Surrealias invånare.

"Okej. Jag lyssnar på dig den här gången. Vad vill du att jag ska göra?" Frågade Fiona. "Behåll en miljon för dig själv och använd de återstående pengarna för att öppna en skola för fattiga barn utomlands," instruerade Finkerbelle.
"Visst", svarade Fiona, och hennes dröm teleporterade henne till en annan plats.

***

"Titta! Nona Orchard är här."

När Fiona öppnade ögonen befann hon sig vid en skolbyggnad i Asien. Barnen spelade fotboll, och de hade det bra. De slutade spe-

la och jublade när de såg henne.

"Vad hände?" Frågade Fiona Finkerbelle. "Det är kraften med att dela. Du offrade din onödiga lyx så att alla dessa barn kunde sluta arbeta i textilfabriken. Ditt bidrag gav dem en utbildning och en bra barndom." "Så, alla dessa bra saker hände för att jag gav upp äganderätten till den ädelstenen?" Frågade Fiona.
"Ja", sa Finkerbelle och log.

Fiona log. Vilken underbar dröm, som hade lärt henne en sak. Att inga diamanter i världen kunde överträffa ett gott hjärta.

Fiona log. Vilken underbar dröm,
som hade lärt henne en sak. Att
inga diamanter i världen kunde
överträffa ett gott hjärta.

Fiona och vikingarna.

Fiona tittade på en dokumentär om vikingar med sin far, när hon började bli irriterad på gubben. Det verkade som om Lars var stolt över att dela ett arv med de våldsbenägna nordborna som terroriserade Europa på 900-talet. Varför var deras räder bra, och varför var hennes pappa så fascinerad av dem? Fiona bestämde sig för att ta reda på svaret.

"Hej, pappa. Varför är du så fascinerad av vikingar? De verkar elaka och dumma." Frågade Fiona.
"Jo, min flicka. Vikingatiden är vårt folks mest kända tid, och även om de verkar brutala och barbariska enligt dagens mått så var alla likadana. Vikingarna var bara bättre på det." Sa Lars och skrattade.
"Vikingarna är inte mitt folk. Jag ser mer indonesisk ut." Invände Fiona.
"Utseende har inget med saken att göra. Du har mitt blod i dina ådror. Dessutom är jag säker på att indonesiska stammar gjorde saker du inte gillar förr i tiden. Vad är du då?" Retade Lars.
"Om så är fallet så beskriver jag mig som etnicitetslös," Hävdade Fiona.
"Säger du det så. Jag kan låta dig välja nästa tv-program." Svarade Lars.
"Det är okej. Men jag måste fråga. Varför trodde de att de kom till himlen om de dog i strid? Det är så dumt!" Hävdade Fiona.
"Hmm, varför tror du att kommer till himlen om du lever ett rättfärdigt liv?" Frågade Lars.
"Uhm, därför att Jesus belönar de rättfärdiga?" Svarade Fiona med tvivel i rösten.
"Nej, det är inte därför. Du tror det för att

Ling-Ling lärde dig att tro på det under dina barndomsår. Du kan lura i ett barn vilket religiöst nonsens som helst, och de kommer att fortsätta tro på det när de når vuxen ålder." Hävdade Lars.
"Så, vad tror du på, pappa?" Frågade Fiona.
"Jag lärde mig ingen religiös doktrin under mina barndomsår, så jag tror inte på någon av dem. Oavsett så är ingen religiös tro mer absurd än någon annan tro, så du bör ha ett öppet sinne." Svarade Lars.

Lars svar irriterade Fiona. Om han hade rätt skulle ett rättfärdigt liv inte ge några belöningar i slutändan. Men var ett gott liv i sig en belöning? Oavsett vilket så var det meningslöst att predika hennes mors tro till sin far; det fanns bättre sätt att tillbringa en lördagseftermiddag. Som att ta en tupplur!

"Okej. Jag tänker inte argumentera med dig. Nu ska jag sova middag." Sa Fiona.

"Klokt val. Jag skulle sova mer om jag hade lika intressanta drömmar som du har, min käraste," svarade Lars och kysste Fionas panna.

"Jo, min flicka. Vikingatiden är vårt folks mest kända tid, och även om de verkar brutala och barbariska enligt dagens mått så var alla likadana. Vikingarna var bara bättre på det."

Fiona gick till sängs och log mot boken som låg på hennes nattduksbord. Genom att pröva sig fram hade hon hittat en bok som var ännu bättre än hennes fars böcker på att göra henne sömnig. Att läsa några sidor i Gustaf Vasas bibel var det bästa sättet att somna!

***

'Wow, det var snabbt.' Tänkte Fiona när hon öppnade ögonen.

Hon var vid Glumslövs backar i södra Sverige, och det var en vacker sommardag. Men när var det?

Fiona insåg att det inte var nutid när en smutsig kvinna i vita trasor sprang mot henne. "Främling, snälla hjälp mig. I dag är det hövding Björn Bredyxas begravning." Uppgav kvinnan. "Varför är det ett problem?" Frågade Fiona. "Eftersom jag, Sigrid Stormorm, är hans brud för livet efter detta," svarade Sigrid. "Vad betyder den titeln?" Frågade Fiona. "Det betyder att jag måste brännas tillsammans med hans kropp på hans skepp," svarade Sigrid.

"Åh nej, det är fruktansvärt," sa Fiona. "Det är det. Jag vill inte tillbringa efterlivet med Björn, jag vill tillbringa det med Knut." Avslöjade Sigrid.

Fiona reflekterade över Sigrids uttalande. Det verkade absurt att Sigrids främsta oro var att hon skulle offras till fel hövding.

Fiona visste en sak; det var dags att sprida sin fars ateism till vikingarna. Det skulle vara svårt att övertyga dem om värdet av barmhärtighet, så det vore lättare att övertyga dem om att det var idiotiskt att mörda deras slavar och bränna deras skepp!

"För mig till din by, så tar jag itu med vikingarna," sade Fiona. "Vad kan du göra? Du är bara en tjej, och du är inte ens härifrån?" Undrade Sigrid. "Min far är härifrån, och jag har krafter som kan ändra allt här i världen," uppgav Fiona. "Du är tokig!" Sa Sigrid. "Nej det är jag inte. Följ mig." Sa Fiona och duon gick tillbaka till byn

***

"Så, du har återvänt. På grund av din oförskämdhet får du inte längre åka till Valhalla med vår herre. Du kommer att komma till helvetet vilket är ditt öde som slav. Muahaha!" Hånade en viking när Fiona och Sigrid närmade sig hövdingens begravning.

Fiona tittade på de skrämmande nordborna. De hade målat sig med djurblod, och de var redo för sin favoritaktivitet, mord. Hon hade tur att detta var hennes dröm, annars skulle hon vara livrädd.

"Nej. Ingen kommer att dö här idag, och ni kommer inte att bränna detta skepp." Befallde Fiona.
"Och varför är det så?" Hånade vikingen.
"För att er tro är rent nonsens. Björn Bredyxa är död, och inget ni gör kommer att förändra hans öde." Förklarade Fiona.
"Det var oförskämt för att komma från en kristen. Vi kan döda dig också." Vrålade vikingen.

Fiona märkte krucifixet som hängde runt hennes hals. Detta var inte det bästa tillbehöret att bära när hon försökte sprida ateismens fördelar, men det var som det var.

"Mitt kors beror på att min mamma lärde mig kristendom under mina uppväxtår. Det är vad religion är, idéer som undervisas under barndomen. Er religion får er att begrava er skatter, och sedan åker ni utomlands för att roffa åt mer skatter. Det är en ond cirkel som måste ta slut." Förklarade Fiona.

Vikingarna tittade förvånat på Fiona. De hade aldrig föreställt sig att en liten tjej skulle vara modig nog att konfrontera dem.

En äldre viking närmade sig Fiona och sa: "Så, vad ska vi göra istället?"
"Ni borde gräva upp Björns skatter och investera i er by, i stället för att råna folk," svarade Fiona.

När han hörde detta blev den äldre vikingen rörd till tårar och han utbrast, "Hilda. Äntligen får jag tillbringa en sommar med dig och mina barnbarn. Inget mer meningslöst våld."

När Fiona såg hur vikingarna släppte sina vapen för att krama sina fruar och barn, kände hon sig rörd. Det verkade som att deras religion hade hindrat dem från att omfamna sin mänsklighet. Glädjen var kortvarig, eftersom en annan grupp med vikingar kom rusande med dragna svärd.

'Dags att vakna.' Tänkte Fiona, blundade och vaknade i sitt sovrum.

När Fiona öppnade ögonen stod hennes pappa bredvid sängen. Han log mot henne och talade. "Hej, Fiona. Jag hoppas att du sovit gott. Jag är ledsen för att jag predikade min ateism för dig."

"Fick mamma dig att säga detta?" Retade Fiona.

"Ja," Erkände Lars.

"Det är ingen fara," svarade Fiona. Lars nickade och skulle gå när Fiona kvittrade. "Hej pappa, jag använde dina ateismargument för att få en vikingastam att sluta omfamna våld."

"Jaså? Fungerade det?" Frågade Lars.

"I cirka fem minuter," tänkte Fiona, men hon svarade. "Ja, det gick bra."

"Toppen. Det är dags för middag. Jag gjorde kycklingsallad med couscous åt oss." Sa Lars.

"Mitt kors beror på att min mamma lärde mig kristendom under mina uppväxtår. Det är vad religion är, idéer som undervisas under barndomen. Er religion får er att begrava er skatter, och sedan åker ni utomlands för att roffa åt mer skatter. Det är en oändlig ond cirkel som måste ta slut."

Med detta sagt Fiona kramade sin pappa och rusade till det köket för att njuta av en välförtjänt middag.

Fiona och de nyttiga slickepinnarna.

Det regnade ute och Fiona läste en bok för att förbättra sitt ordförråd. Medan teven och tecknade serier var mer lockande, hade hennes far Lars erbjudit henne $ 20 för att läsa en av hans böcker och sammanfatta handlingen. Läsning bra för henne och det var trevligt att visa intresse för sin fars hobby.

När hon läste boken, som följde hennes fars alter ego, undrade hon varför han inte hade skildrat sig trevligare. Hennes pappa skulle inte resa runt i världen för att mörda människor och stjäla magiska föremål, så varför hade han beskrivit sig så? Fiona bestämde sig för att fråga.

Hon gick till vardagsrummet där Lars drack öl och tittade på fotboll. Han följde således inte sitt eget råd om att läsa för att förbättra sitt ordförråd. Men då han inte argumenterade för konspirationsteorier på nätet, så kunde saker och ting ha varit värre.

”Uhm, pappa. Jag har en fråga?” Frågade Fiona.
”Ja, älskling. Hur kan pappa hjälpa dig?” Svarade Lars.
“Så, boken som du tvingade mig att läsa ...” svarade Fiona.
”Uppmuntrade dig att läsa. Jag skulle inte tvinga dig att göra någonting om det inte är nödvändigt.” Klargjorde Lars.
”Så boken som du betalade mig för att läsa. Varför är du en monokelbärande galning som reser runt i världen och dödar folk?” Frågade Fiona.

När han hörde detta blev Lars skrämd och utbrast. “Va? Varför läser du Martin Orchards fall? Den boken är inte för barn. Din mamma kommer att bli arg när hon får reda på det här.”
”Jag ville inte läsa en av dina barnböcker. Du har redan läst dem för mig många gånger, så vad är det för mening med det?” Frågade Fiona.
”Tanken är att förbättra ditt ordförråd,” svarade Lars.
“Hur som helst, varför beskrev du dig själv som du gjorde?” Frågade Fiona.
“Eftersom poängen med fiktion är att skapa tänkvärda scenarier och se hur de utvecklas,” svarade Lars.
“Du menar scenarion som “Tänk om godis var nyttigt?” Frågade Fiona.
“Tja, det är ett osannolikt scenario, men visst,” svarade Lars.
”Bra, jag återvänder till mitt rum och funderar på det. Vi ses senare,” kvittrade Fiona.

När Fiona återvända till sitt rum, så stirrade hon upp i taket. Hon ville nå drömvärlden där allt var möjligt, även nyttigt godis.

Tyvärr kunde hon inte drömma på kommando, eftersom hon behövde somna först.

'Hmm, vad är det enklaste sättet att somna?' Tänkte Fiona och fnissade när hon insåg svaret. Det enklaste sättet var att fortsätta läsa Lars bok! Några sidor senare nådde Fiona en värld full med livliga drömmar.

***

'Wow. Det här är otroligt.' Tänkte Fiona när hon öppnade ögonen. Hon var i ett fantasikungarike där godis växte på träd och floderna flödade med läskedrycker. Hon korsade en bro och gick in i en liten by som påminde om Indonesien. En skylt nämnde att byn hette Negeri Permen, (Godislandet).

En pojke närmade sig och talade. "Hej, Fiona. Jag heter Gula-Gula. Jag behöver din hjälp."

Fiona log mot pojken, som påminde om hennes kusin i Indonesien och svarade. "Jag hjälper gärna till. Det här är min dröm, så jag kan göra vad som helst!"
"Kan du snälla be fen Manisan Bonbon att bryta förbannelsen som vilar över denna by?" Frågade Gula-Gula.
"Vadå för förbannelse? Är godiset giftigt?" Frågade Fiona.
"Nej, det är näringsrikt och bra för dig," svarade Gula-Gula.

Hon var i ett fantasikungarike där godis växte på träd och floderna flödade med läskedrycker.

"Så kan jag äta klubborna som hänger från det trädet?" Frågade Fiona och pekade mot ett apelsinträd som hade regnbågssmakade godisklubbor istället för apelsiner.
"Ja, de är nyttigt," svarade Gula-Gula.

"Wow!" Utropade Fiona, rusade till trädet och grep tag i en slickepinne.

När hon slickade klubban kände hon att hon var i himlen. Detta var den smaskigaste slickepinnen hon någonsin hade ätit, och den kombinerade alla hennes favoritsmaker. "Jag älskar min fantasi!" tänkte Fiona och log.

Fionas godisätande avbröts när Gula-Gula närmade sig henne igen. "Så, Nona Orchard. Kan du snälla hjälpa oss nu när du smakat på vår förbannelse?"

Hennes imaginära kusins uttalande förvirrade Fiona. Vad var det för fel med den här platsen?

"Uhm Gula-Gula. Jag förstår inte vad problemet är. Denna by verkar vara ett paradis." Sa Fiona.
"Du tycker det för att allt är nytt för dig. Tänk om den enda smaken du någonsin äter är sötma? Du skulle längta efter de grönsaker som du vägrar att äta." Svarade Gula-Gula.

Fiona stirrade misstroget på pojken. Varför skulle hon längta efter grönsaker när hon kunde äta detta smaskiga godis? 35

Hon slickade på godisklubban igen och hon förstod Gula-Gulas situation. Tjusningen med att enbart äta godis bleknade snabbt, och hon längtade efter kokt broccoli.

"Okej. Hur kan jag hjälpa dig?" Frågade Fiona.

"Manisan Bonbon bor på andra sidan skogen. Jag vågar inte gå dit, eftersom det finns varulvar längs vägen." Svarade Gula-Gula.

"Var inte rädd. Jag hjälper dig. Vi ses senare, kusin." Kvittrade Fiona och använde sina teleporteringsförmågor för att lämna byn.

***

"Hmm, det här är inte fens slott." Tänkte Fiona när hon öppnade ögonen i en mörk och läskig skog. En isig vind träffade henne och hon skakade av köld. En annan sak oroade henne mer. Ljudet från en flock varulvar. Fiona glömde att hon befann sig i en dröm och fick panik. Vad skulle hon göra?

"Om jag bara hade två pistoler och en zetansk monokel som Martin Orchard." Tänkte Fiona.

Hon överväldigades när monokeln materialiserades framför hennes ögon och pistolerna dök upp i hennes händer.

"Vill du aktivera stridsläge?" Frågade monokeln.

"Ja, rädda mig från de otäcka varulvarna." Svarade Fiona

Fionas tidsuppfattningen förändrades och hon fick en utomkroppslig upplevelse. där hon såg sig själv skjuta varulvarna i slow

motion som en actionhjälte. Efter några sekunder, återvände Fiona till sin kropp och släppte de heta pistolerna till marken. Hon hade dödat varulvarna.

"Nej, Fiona. Vad har du gjort?"

Fiona vände sig om och såg en gammal älva som hade en godisstav. 'Det måste vara fen Manisan Bonbon. Jag undrar varför hon är här.' Tänkte Fiona och svarade.

"Jag kom för att rädda dig från varulvarna."
"Rädda mig? Varulvarna var mina vänner. Varför kände du dig tvungen att tillgripa våld, flicka lilla?" Utropade Manisan.

Fiona funderade på Manisans fråga. Hon insåg att läsandet av en våldsam bok hade påverkat hennes problemlösningsförmåga. Om hon hade läst en fridfull bok hade hon kommit fram till en bättre lösning.

"Jag vet inte. De skrämde mig." Snyftade Fiona.

"Din fruktan är ingen anledning att skada andra. Kunde du ha löst situationen utan att använda våld?" Frågade Manisan retoriskt.

36

Fiona lade händerna i fickorna och hon kände något krispigt. När hon drog ut det höll hon en bit hundgodis. "Ja, jag kunde ha gett varulvarna hundgodis," sa Fiona och suckade.

"Bra. Låt detta vara en lärupplevelse. Eftersom detta är en dröm hade ditt våldsamma utbrott ingen effekt. Men kom ihåg. Att ge efter för våldsamma tankar kan ha oåterkalleliga effekter." Predikade Manisan.

"Jag kom för att rädda dig från varulvarna."
"Rädda mig? Varulvarna var mina vänner. "

"Ja, Manisan. Jag är ledsen." Svarade Fiona.
"Så, var det något annat?" Frågade Manisan.
"Gula-Gula undrar om du kan stoppa förbannelsen som får alla växter att bära godis. Han vill uppleva andra smaker än sötma." Svarade Fiona.
"Det här är din dröm, så din önskan är min lag," svarade Manisan och vred sin trollstav, så att stjärnor gnistrade från den. Det var vackert tills en viss röst avslutade drömmen.

***

"Fiona. Middagen är klar, älskling."

Fiona log när hon vaknade. Drömmen hade lärt henne att uppskatta grönsaker och det var dags att visa mamma Ling-Ling sin uppskattning.

Hon sprang till köket, kramade Ling-Ling och kvittrade. "Tack så mycket för att du tillagar hälsosam mat, mamma. Jag älskar dig och jag älskar grönsaker."

När hon hörde detta gav Ling-Ling Lars en skeptisk blick och sade: "Vad gjorde du med henne?"

"Uhm, jag antar att jag lärde henne att gilla grönsaker," Sade Lars förvirrat.

"Nåja, låt oss äta," svarade Ling -Ling.

Med detta sagt åt familjen middag tillsammans. Fiona hade en extra stor tallrik med grönsaker för att kompensera för allt godiset hon åt i sina styggа drömmar.

Slut.

Tack för att du läste denna bok.

Om du gillade denna barnbok så läs gärna mina andra böcker. För att veta mer, Googla mitt namn eller besök www.martinlundqvist.com

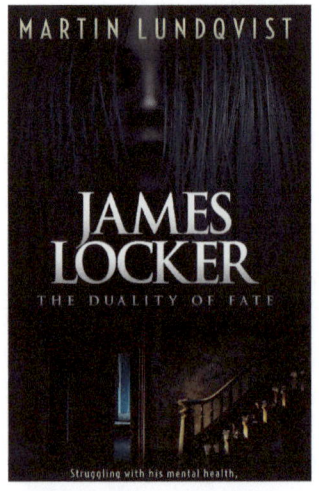

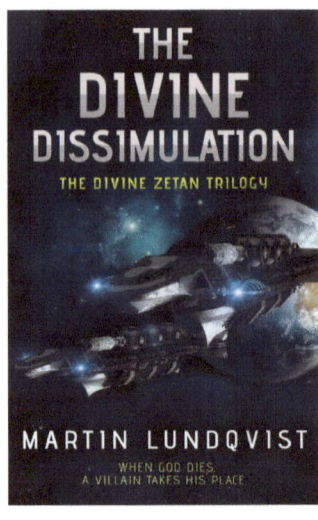

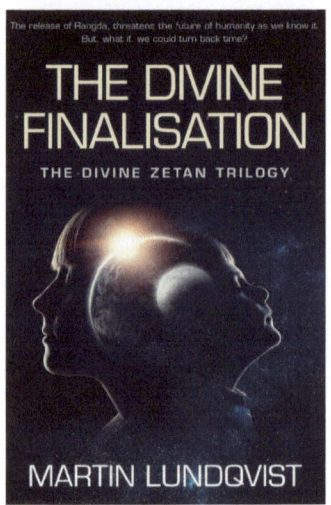
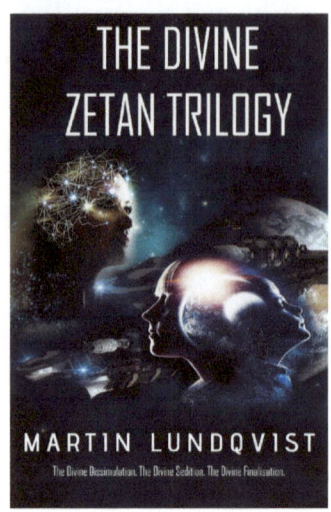

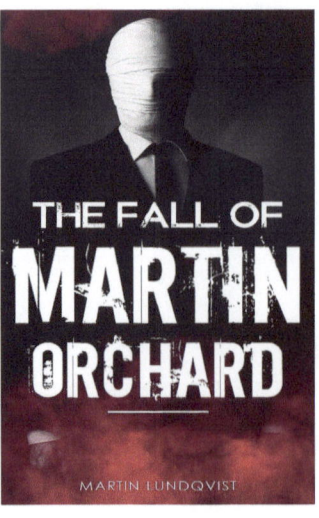
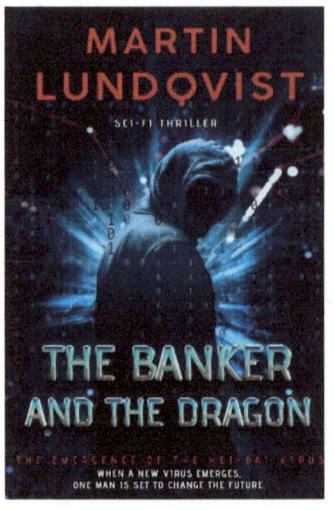